U0112705

通州志略卷之十

郡人楊行中纂輯

人物志

山川毓秀，風氣鍾靈。賢哲篤生，地方增重。人傑之有關於地靈，尚矣！然或服官效職，樹勛業於國家；或砥節礪行，表風化於鄉里，與夫恩沾錫類，榮遇奇逢，均宜紀之，以示激勸。爲人物志。

州

選舉

金

賈少冲，見鄉彦。賈益，見鄉彦。

國朝以科貢取士，舉進士者，有累科登科録可考。鄉試自景泰以前，漫無可稽。其歲貢諸途，則自景泰以至弘治，雖考有姓名，而發身年歲，無從而質其詳也。正統間，雖儒學有題名記，然亦但具姓名、官職，而貫址、出身不系焉。今姑録其記，以俟再考。

儒學題名記節文

通州自洪武建學之初，迨今七十餘年，由科貢而列官中外者，職有崇卑，在當時罔不知之。

特恐久而湮没，故州守楊衡嘗與畯議，題其姓名，第其先後，申其官爵，勒於石，樹之明倫堂，表先賢勵後學也。學正臨江劉畯撰。

劉育郎中　靳謙主簿　白璧主簿

郭誠員外　李貞典史　曹斌給事中

邢炳司務　王增主簿　趙禮經歷

谷得典史　劉俊縣丞　李善州同

鄭珪主簿　李麟知事　耿亮參議

李燧典史　段敏主簿　劉琮經歷

張經主簿　劉恕御史　李聰御史

李茂知縣　王傑吏目　秦正學正

李春知縣　王紳司賓　趙旺州判

趙彝典寶　韓忠州同　賀譽主簿

張準吏目　蕭恂主簿　鄭鎔知縣

王敏都事　王迪州判　王温主簿

王勉巡檢　楊旻知縣　紀振序班

傅立知州　楊春序班　李崇序班

李蔚縣丞　李倫司儀　張亨府同

武瑛典史　趙琰主事　孫盛知縣

杜斆縣丞　吴昭知事　田賓知縣

劉得知縣　蔡攻知縣　丘琮主簿

王輔經歷　王盤州判　劉震府同

明安縣丞　吴傑吏目　王忠照磨

陳浩吏目　高原序班　李英經歷

劉忠知縣　劉桓訓導　劉泰訓導

宣德間

李聰，丁未登進士第，任監察御史。

正統間

武聰，中戊午科鄉試，任御史，升山西按察司僉事。

丘文聰，中丁卯科春秋經魁，任山東長山縣知縣。

景泰間

張鵬，中庚午科鄉試，任陝西平涼府同知。

朱鋭，見鄉彦。

武睿，中癸酉科鄉試，任山東武城縣知縣。

黄久名，中丙子科鄉試。

王京，中丙子科鄉試。

楊琬，中丙子科鄉試，任河南固始縣知縣。

天順間

馬桓，通州人，丁丑登進士第。

王雄，字世傑，别號澹庵，中己卯科鄉試，初任山西靈石縣知縣，升兩浙鹽運司判官。

葉達，中己卯科鄉試，任河南蘭鄉縣知縣。

成化間

孫節，見鄉彥。

康浩，中乙酉科鄉試。

莫昂，通州衛籍，中乙酉科鄉試任河南南陽府推官。

武全，中乙酉科鄉試，任福建提舉司提舉。

劉瓚，中乙酉科鄉試，任湖廣宗山縣知縣。

曹瓚，中乙酉科鄉試，任山東膠州同知。

蕭斌，中戊子科《易經》魁，任教諭。

楊春春，見鄉彥。

王瑭，中戊子科鄉試，任河南安慶府通判。

曾昂，字季顒。□□□□籍，中戊子科鄉試，任浙江台州府同知。

孫源，字世潔，中辛卯科鄉試，任陝西蘭州知州。

甯賢，字國珍，定邊衛籍，中辛卯科鄉試，乙未登進士第，任應天府溧陽縣知縣。

張廣，字弘仁，本州民籍，中申午科鄉試，乙未登進士第，任河南郟縣知縣。

楊奉新，字世鼎，中甲午科鄉試，奉春之第也，未仕。

武繼祖，字□□，中丁酉科鄉試，任山東齊河縣知縣。

解琣，字□□，本州民籍，中庚子科鄉試。

錢銘，字克新，本州民籍，中庚子科鄉試，任光禄寺署丞，升四川潼川州知州。

陸瓛，字□□，大興縣籍，家於州之張家灣，充府學生，中癸卯科鄉試，甲辰登進士第，任□□□□。

程安，字邦寧，中癸卯科鄉試，任應天府通判。

吴綱，中癸卯科鄉試，任陝西平凉府通判。

弘治間

汪獲麟，字仁甫，騰驤左衛籍，家於州，充京武學生。中己酉科鄉試，癸丑登進士第，任刑部主事，累官山西布政司右布政使。

崔璽，字廷用，騰驤左衛籍，家於州張家灣。由儒士丙辰登進士第。

方璽，字天瑞，通州衛籍。乙未科中禮記經魁，任直隸宜興縣儒學教諭。

顧大章，見鄉彥。

孫臬，節之子，由儒士中戊午科鄉試，任河南析川縣儒學訓導。

張騰漢，字鵬舉，廣之子，由儒士中戊午科鄉試，未仕。

周棨，見鄉彥。

王驌，字□□，分守宣之子，隨任充州庠生。中戊午科鄉試，未仕。

張愷，字舜臣，通州衛籍，充府庠生。中戊午科鄉試，己未登進士第，歷官廣西平樂府知府。

陸賓，字宗禮，本州民籍。中辛酉科鄉試，任河南伊陽縣儒學教諭。

甯河，見鄉彥。

張悌，愷之弟，中甲子科鄉試，任直隸六安州知州。

正德間

吴縉，字士儀，通州右衛籍。中丁卯科鄉試，任山西榆次縣知縣，升山西行太僕寺寺丞。

錢濟時，字清仲，銘之子。以儒士中丁卯科鄉試。辛巳登進士第，任南京吏部驗封司主事。

花魁，字梅卿，騰驤左衛籍，家於張家灣。由儒士中丁卯科鄉試，任山東兖州府通判，升□□□□同知。

張欽，見鄉彦。

張錦，字文晦，別號東山，通州衛籍。中庚午科鄉試，任山東寧海州知州。

單鉞，字廷儀，武功中衛籍，家於州張家灣。由儒士中庚午科鄉試，癸未登進士第，未仕。

李釗，字中遠，別號確齋，通州左衛籍。由儒士中庚午科鄉試，未仕。

馬禮，字中節，別號敬亭，通州衛籍。中癸酉科鄉試，任山東鄆城縣知縣，升山西代州同知。

蔣承恩，字三錫，別號半隱，通州衛籍。由儒士中癸酉科鄉試經魁，甲戌登進士第，任浙江嚴州府儒學教諭，升長史。

張子衷，字和甫，別號寅軒，騰驤衛籍，家於通州。充州庠生，中丙子科鄉試，丁丑登進士第，任工部虞衡司主事，歷員外郎郎中，升湖廣德安府知府。

楊行中，字惟慎，別號潞橋。本州廣濟坊民籍。中正德丙子科鄉試，庚辰會試中式，嘉靖癸未登進士第。任浙江山陰縣知縣，徵拜陝西道監察御史、太僕寺少卿，轉大理寺右少卿，遷南京都察院右僉都御史，提督操江，兼管巡江，以□□都察院右僉都御史佐理院事。

陸維，字相之，別號潞涯，中丙子科鄉試，瓛之子。任中書科中書舍人，升禮部員外郎。

孟録，字時薦，定邊衛籍。中己卯科鄉試。任山西忻州儒學學正。

嘉靖間

甯平，字子衡，河之子。中壬午科鄉試，未仕。

宋鈇，字鼎儀，中壬午科鄉試，未仕。

李錞，字□和，別號□莊，父璋都察院副都御史。原錦衣衛籍，買田於州，因附籍焉。錞充府庠生，中甲午科鄉試，癸未登進士第，任山東昌樂縣知縣，升都察院經歷司都事，轉經歷，改光禄寺寺丞、尚寶司少卿，歷南北光禄寺少卿，轉江西布政司參政。

□□，字伯疇，神武中衛籍，中乙酉科鄉試，任山西□□知州，調陝西金州。

□□，字廷佐，臬之子，中乙酉科鄉試，任陝西慶陽□□□寧夏管糧。

嚴鵬舉，字雲翼，本州朝陽關民籍。中乙酉科鄉試，任河南上蔡縣知縣。調太康縣。

姚潤，字子雨，別號後川，通州衛籍。中乙酉科鄉試。任山東臨淄縣儒學教諭，升陝西洛南縣

知縣，遷山西遼州知州。

程綬，字德仲，別號訥庵，神武中衛籍。充府庠生，中乙酉科鄉試，丙戌登進士第。任刑部貴州司主事，歷員外郎郎中，調兩淮鹽運司運判，轉河南衛輝府同知，升山西按察司僉事，分巡口北道。

蔡子舉，字直夫，別號涵齋，京衛籍，有家張家灣。充府庠生，中乙酉科鄉試，丙戌登進士第，任刑部主事，升通政司參議，轉左右通政，遷南京

太常寺卿，升北京通政使司通政使。

黃鐙，字德揚，別號近川，通州衛籍。中辛卯科鄉試。任山東鄆城縣知縣。丁憂起復，補河南延津縣。

劉春，字伯時，□□□□籍。中辛卯科鄉試，未仕。

孟鴻，字信夫，定邊衛籍，中庚子科鄉試。

陳一策，字□□□□籍，中癸卯科鄉試。

褚賓，字惟聘，神武中衛籍，中丙午科鄉試。

張問行，字□□，定邊衛籍，中丙午科鄉試。

歲貢

正統元年以前見《儒學題名記》。

李原　邢驤

張渙　鄭經

張翔　高毅

劉芳　孫堅

武清

弘治間

蘇雄，見鄉彥。高倫，任江西臨江府照磨。

張珙，任陝西泰州判官。

潘鳳，任直隸和州判官。
李鐸，任湖廣麻城縣縣丞。
傅立，任湖廣沔陽州知州。
王昇，任浙江杭州府經歷。
楊春，任鴻臚寺序班。
楊顯，任山東益都縣主簿。
趙興，任東城兵馬。李敏，任江西袁州府照磨。
張亨，任河南祥符縣縣丞。
武旻。唐廣，任陝西臨兆衛知事。

李璧，任山西河津縣縣丞。
劉道，任直隸江陰縣主簿。
趙敬，任河南柘縣知縣。
姜盛，任直隸鎮江府經歷。
耿輝，任山西太原縣縣丞。
宛政，任山西太平縣縣丞。
劉景，任山西萬金縣縣丞。
劉謙，任山西平定守禦千户所吏目。
張寧，任應天府治中。
李瓚，任山西應州吏目。

耿寬，任山東新城縣縣丞。

趙安，任山東禹城縣縣丞。

董清，任山東萊陽縣縣丞。

王喜，任直隸昆山縣縣丞。

金璧，任直隸高郵衛經歷。

傅銘，任山西曲沃縣主簿。

劉榮，任陝西西安府知事。

劉傑，任陝西兩當縣知縣。

李琦，本州民籍，任山東齊河縣縣丞。

張山，任浙江温州府檢校。

董義，任中書科中書。

郭英，任衛經歷。

郭明，任山西襄置縣主簿。

盧恭，任雲南石屏州吏目。

李温，任工部員外郎。

張愷，任河南陳州吏目。

唐哲，字思□，任貴州永寧州吏目。

郭温，任山東冠縣縣丞。

薛鐙，任雲南獨山州吏目。

趙晟，任河南鄆州儒學訓導。

毛世達。
田溥，字士弘，任山西浦塋縣儒學教諭。
祝廣，任王府典膳。
張雄。
經綸，字濟世，任山西平遥縣縣丞。
張名魁。
馬亮。
俞登，任馬湖府照磨。
張俊，任湖廣巴陵縣主簿。
張德，任山東平陰縣縣丞。

周福，任浙江布政司理問。
惠縉，任山東齊東縣學教諭。
耿定，字本端，本州民籍。
吴瓚，任浙江嘉興府檢校。
陳祥。
曹英。
胡勇，任廣西平樂府檢校。
劉鑑，字彦明，本州民籍，任山西霍州訓導。

正德間

蔡淮，字東之，任山東沂府奉祀。

王經，字天叙，任淮安府學訓導。

王璿，字秉衡，任河南府照磨。

戴鋭，字進之，任。

薛澄，字静夫，任山西平遥縣學教諭。

張安，字奠之，本州民籍，任山東范縣學訓導。

蘇泰，字士亨，本州民籍，任直隸睢寧縣學訓導，升山西曲沃縣學教諭。

吴淙，字伯滔，定邊衛籍，任衛輝府學訓導。

李昂，字文舉，本州民籍，未仕。

童昜，字景先，任山東齊東縣學訓導。

吴來鳳，字舜儀，本州民籍，未仕。

張鐘，字彦和，神武中衛籍，任鳳陽府學訓導，升山西應州府學正。

白文茂，字成章，别號雲軒，通州衛籍，任遼東瀋陽衛學訓導，歷升復州衛、密雲衛教授。

馮應魁，字文疇，任陜西平利縣主簿。

耿富，字美中，本州民籍，任山西萬全都司斷事，升蒲州同知。

嘉靖間

劉淮，字宗禹，本州氏籍，未仕。
張一□，字世和，別號秋江，武清衛籍，家於州，任山東安丘縣主簿。
賈鎧，字國用，別號北海，任陝西。
王鑰，字希準，別號北門，神武中衛籍，未仕。
余鼐，字仲器，任訓導。
高第，字汝登，本州民籍，未仕。
馮鎡，字國器，任廣西羅山縣知縣。
高清，字廉夫，別號玉泉，任山東商河縣學訓導。
馬乾冠，字元夫，別號六舟。
范應奎，字文著，別號誠齋，任山西陽城縣主簿。
王鉞，字君儀，別號聚川，三河縣民籍，充州庠生，任山東諸城縣主簿。
李桂，字汝攀，別號思齋，任山東海豐縣學訓導。
丘華，字子實，任山東恩縣知縣。
楊時澤，字伯雨，行中族第也，未仕。
李宗模，字志仁，任遼東衛訓導，升山東平度州儒學學正。
王愷，字舜卿。
劉鉦，字汝静，錦衣衛籍。
尹清。
張㫗，字宗殷，本州人，任遼東訓導。
張萬生，字守一，本州民籍，任山東膠州學訓導。
楊啓東，字賓之。
鞏鏜，字彦聲。
張珮，字。

例貢

弘治間

宋琇，任河南内鄉縣主簿。舉人宋鈛之父也。

正德間

涂偉，字國器。
邵鑒，字明遠，任陝西鎮番衛知事。
武弘仁，字秉公。
夏寰，字德充。
張聰，字守愚，本州民籍，未仕。

曾巍，字鍾美，任山西文水縣縣丞。昂之子也。

居香，字□□，别號友蘭。

胡體乾。

朱衣，字德章，别號抑齋，定邊衛籍，任廣西忠州吏目，升山東臨朐縣主簿，轉平原縣縣丞。

徐世昌，字子隆，通州左衛籍，任湖廣蘄州衛知事。

嘉靖間

馬淮，字源柏，别號桐山。

杜子芳，字桂卿，别號近圃，通州左衛籍。

張鵬，字南卿，通州衛籍。

張鶡，字鳴卿，鵬之弟也。

夏景和，字子雍，通州衛籍。

張芝，字德馨，通州左衛籍。

蔡宗，字希曾，别號省吾，本州民籍。

孫禄。

顧鑰，字啓之。

馬應麟。

胡來朝，字子忠。

張檢。

馬應龍。

李漢，字子東，定邊衛籍。

武舉

張淮，字子淵，神武中衛指揮。少游州庠，後襲職。正德十二年武舉中式。

李時，字□春，通州右衛千户。□□□□□□□不第，乃襲職。正德十二年武舉中式。

田懋，字時亨，通州衛千户。少游京武學，應順天府鄉試不第，乃襲職。正德□□年武舉中

式。

廕授

李杲，字子陽，工部侍郎欽之子。嘉靖十五年，遇恩例，充國子生。

掾階

李英，字國賓，本州朝陽關民籍。由吏員任光禄寺監事，升山東棲霞縣縣丞，以疾告歸。

三河縣

選舉

金

劉樞，見鄉彦。

馬百禄，見鄉彦。

國朝

邢謹，成化丙戌進士，任刑部主事。

蕭選，字廷舉，弘治己未進士，任揚州衛經歷，累官右僉都御史。

劉金，字震之，弘治己未進士，任禮部主事，官至山西左參議。

邵昭，字伯明，弘治丙辰進士，任監察御史，□河南汝寧府知府。

王俸，字天爵，弘治壬戌進士，任户部主事，累官山東鹽運司運同。

田龍，正德戊辰進士。任。

蕭孟景，字時泰，正德甲戌進士，任户部主事，歷員外郎、郎中，升山東濟南府知府。

王楊，字惟直，别號次齋，□州□屯衛籍。正德辛巳進士。初任山西澤州知州，調蘇州府太倉州，升刑部員外郎，改兵部，轉郎中，升按察司副使，兵備臨清，遷山西布政司右參政、陝西按察司按察使。

王楠，字惟喬，別號且齋。楊之兄。嘉靖戊戌進士。任禮部主事，歷員外郎、郎中，轉尚寶司司丞。

郭習中，洪武丁卯科鄉試。任河南教授，升山西沁州知州，遷刑部郎中，轉江西布政司左參政。

陸鏞，景泰庚午科中式。

郭斌，正統戊午科中式，任大名縣教諭。

石鼐，成化甲午科中式，任新城縣知縣。

王植，成化丙午科中式，任光山縣知縣。

蕭鋭，成化丙午科中式，任懷慶府通判，選□□□。

李汭，弘治壬子科中式。

李鏞，正德丙子科中式，任周府長史。

劉相，嘉靖庚子科中式。

劉孟祥，嘉靖丙午科中式。

鍾秀，嘉靖丙午科中式。

歲貢

梁佑，任訓導。　楊雲，任訓導。

王鳳儀，任教諭。　李檜，任教諭。

鄭暹，任教諭。 禹鐸，任教諭。

禹錫 楊釗

石文明，任教諭。 郭璋

杜清 劉珊

彭濟時 李鷺

薛文通 崔鑑

劉珪 趙鎧

李璋 王夢麒

楊昶 王永年

趙儒 禹九疇

王庭

武清縣

選舉

國朝

畢汝舟，武清人。洪武中領鄉薦，擢監察御史。振揚風紀，有聲，累升廣東布政司左參政。

劉芳，弘治庚戌科進士，任户部主事，升按察司僉事。

徐瀾，弘治癸丑科進士，任歷升大同府同知。

孫清，見鄉彥。

王維垣，字□□，嘉靖丙戌科進士，任知縣，
歷升户部主事、員外郎、郎中，河南南陽府知府。
趙紳，字□□。嘉靖己丑科進士，任山西陽
曲縣知縣。
邵盤，由舉人官至四川布政司左布政。
王瀛，由舉人任御史，累升陜西按察使。
許綱，任錦衣衛經歷。
林遠，任山東即墨縣知縣。
任恕，由舉人任泰安州判官。
徐瓚，由舉人任崑山縣主簿。
徐璟，瓚之弟，與瓚同科，任山西稷山縣知縣。
王正，維垣之父，任鄒縣知縣。

歲貢

王亨，任監察御史。
竇和，任御史，升僉事。
侯官，任鴻臚寺寺丞。
孫繩，任南京鴻臚寺卿。
楊春，任知縣。
苟沔，任河南汝寧府同知。
邵鋐，盤之孫，任雲南墨鹽井提舉。

曹銘，任山西陽城縣知縣。

徐涇，任陝西邠州知州。

高昱，任遼東蓋州衛訓導。

掾階

周敖，任京倉大使，應朝廷夢，升雲南布政司左布政使。

尹希文，由吏員任湖廣宜興縣知縣。

楊顯，由吏員任直隸盧江縣縣丞。

漷縣

選舉

金

馬惠迪，見鄉彥。

馬諷，見鄉彥。

國朝

張聰，舉進士，仕至參議。清修苦節，有遇仙之奇。

董昱，舉進士，任户部主事。己巳，扈蹕北代至塞□虜殺傷甚衆，昱匿屍下獲免。還，擢户部郎中。累官山東布政。學博行淳，以德政聞。

董方，見鄉彥。

岳正，見鄉彦。

李温，中癸酉鄉試，庚辰進士，選翰林庶吉士。歷禮部員外郎、郎中，累官户部左侍郎。爲人温雅謙和，居官清慎端謹，累有美政。

董寧，方之子。成化壬辰登第，累官四川按察司僉事。

徐盛，景泰中癸酉鄉試，任山東萊州府通判，升兖州府同知。所至吏畏民懷。擢鞏昌府知府。在任三年，以親老告終養歸。

牛亨，天順中戊子鄉試，任山東武城縣知縣。

魯瞻，景泰中甲午鄉試，任濟源縣知縣。

周厚，成化中丁酉鄉試。

許子英，景泰中辛酉鄉試，任丹陽縣知縣。

李璿，景泰中庚午鄉試，任潞州知州。

李明，景泰中癸酉鄉試，任襄陵縣知縣。

王聰，舉進士，任監察御史。

李振，景泰中癸酉鄉試。

李曾，天順中丙子鄉試，任錦衣衛經歷。

李儀，璿之子，景泰中戊子鄉試。

葉林，成化中丁酉鄉試，任碭山縣知縣。

葉彬，成化中丁酉鄉試，任曹縣教諭。

王輔，弘治中己酉鄉試，任河水縣知縣。

聶宗元，嘉靖中癸卯鄉試。

歲貢

姬本，任監察御史。

孫鉉，任湖州府同知。

田質，任聊城縣學訓導。

盧榮，任户科給事中。

侯讓，任山陽縣知縣。

馬麟，任鄒縣知縣。

周厚，任猗氏縣知縣。

倪忠，任知州。

祁誠，任遼州同知。

姚俊，任滋陽縣知縣。

黄貴，任雩縣知縣。

王宣，任鎮遠縣知縣。

李榮，任太原縣知縣。

韓偉，任知縣。

史廣，任博興縣知縣。

翟福，任大同縣知縣。

徐□，有學行，遥授揚州府通判。
楊俊，有學行，任韶州府檢校。
毛達，任江津縣主簿。其先施賑，不責民償。
楊仲仁，任樂平縣知縣。
潘謹，任石樓縣知縣。
康永昌，任黄縣縣丞。學問該博，而性行質直。
康永慶，見鄉彦。
許文進，任嶧縣教諭。
徐熊，任文登縣學訓導。

周鎮，任萬全衛學訓導。
陸錦，任鈞州學訓導。
朱馴，任光州訓導。

寶坻縣

選舉

漢

陽球，見鄉彦。

金

馬琪，見鄉彦。

國朝

芮釗，見鄉彦。
魏景釗，成化丙午進士，擢御史，升僉事。
王傅，見鄉彦。
薛鳳鳴，字于岐，弘治己未進士，任山東平陰縣知縣，擢監察御史，累官都御史。
田中，弘治壬戌進士。
牛魯，弘治乙丑進士，任户部主事。
蔡霈，弘治乙丑進士，累官按察司副使。
劉儒，正德進士。
杜盛，字子實，正德辛未進士，任浙江紹興府推官，升户部主事。

劉經，字正夫，正德甲戌進士。
龐淳，字宗厚，正德丁丑進士，任行人，歷升工部員外郎。終長史。
郝鳴陰，嘉靖甲辰進士，任山西長子縣知縣。
邳宣，永樂乙酉舉人。
董獻，永樂乙酉舉人。
薄弘，戊子科。
張翥，戊子科。
李素，辛卯科。

高安，辛卯科。
楊謙，辛卯科。
劉厚，甲午科。
孫鼐，庚子科。
魏壽，癸卯科。
以上永樂舉人。
王鐙，宣德己酉解元，任知縣，擢監察御史，
累官按察使。
楊芮，正統辛酉經魁。
吕欽，景泰癸酉科。

王翱，成化甲午科。
芮元進，成化丙午科。
吕循短，弘治壬子科。
劉天爵，弘治戊午科。
齊鑑，弘治戊午科。
楊文進，弘治辛酉科。
劉奎，弘治辛酉科。
吕循義，弘治甲子科。
牛逸，正德庚午科。
陳棟，正德己卯科。

李實，嘉靖乙酉科。
張世經，嘉靖乙酉科。
李楫，嘉靖戊子科。
邳贊，嘉靖甲午科。
楊世相，嘉靖丙午科。
李廷印，嘉靖丙午科。
以上舉人。

歲貢

崔通　許和
程藻　劉政
孫傚　柴愚
劉琛　孟浚
王制　李芳
郭太　閻浚
高觀　馬良
□閔　王子玉
□英　張淮
劉子聰　孫塤
苗鳳　陳元
張斌　竇舉

杜綱　　高鈺

蔣錦　　黃璋

韓定

通州志略卷之十終

通州志略卷之十一　　郡人楊行中纂輯

人物志

州

孝義

國朝

孫雄，通州左衛籍。事親孝，親没，廬墓三年。有司奏表其門。

韓鵬，定邊衛千户。其家六世同居。有司奏表其門。

耿從，本州民籍。正統間，輸粟五百石以濟時急。有司奏表其門。

貞節

國朝

韓氏，定邊衛千户韓昶之女。年十八歲，贅錦衣衛舍人湯全爲婿。方半載，全從軍陣亡。韓氏誓不再適。家止有弟韓瑣，年七歲，韓氏撫之度日，孀居三十餘年。天順六年，有司奏表其門。

吴氏，州庠生孫禄妻也。禄寢疾，吴侍膳藥，曲盡調護，前後八年。禄病篤，吴慟曰：「夫没有嗣，吾可活也。今夫且死無嗣，吾何以生爲？」乃悉出所積金珠衣帛，散之娣姒親舊，即絶食。親族累日涕泣强勸，竟不聽，且曰：「與其後夫死，孰若先夫死？乘其見吾目瞑矣。」「一日」覺神氣异，乃起，沐浴更衣。甫畢，遂絶死。後十日，夫方死矣。正德丙子七月二十二日，有司奏表其門。

葉氏，神武中衛舍人許紳妻也。紳家素饒於財，以不檢廢家，携葉出投所親，途病死於州舊城西門外。葉乃守屍，晝夜跪哭。居民哀之，或饋飯食，或遺金帛，或歆其改嫁，以葬其夫，俱却之不聽。水漿不入口者十有四日，竟死屍傍。州之軍民争爲買棺鬻地，合葬之。適巡按御史錢學孔持節按通，親見之，且疏以聞。事下禮部，適今首相少師桂洲夏公爲宗伯，甚義之，即覆其奏。詔爲立祠旌表，令有司春秋祭祀。

張氏，定邊衛指揮吴鉞妻。年十八，夫殁。堅意守節，誓不再嫁，至六十一歲。有司奏表其門。

三河縣

孝義

國朝

滑忠，三河人。充大寧衛前所總旗。永樂十六年三月十五日，割股以報父恩，有司上其事。詔旌表之，仍復其家。

貞節

元

張氏，李讓妻。年二十八而寡，三子孝先、繼先、敬先俱幼，張紡績以給撫子成立。孀居守貞，人無間言。有司上其事。詔旌其門。年九十二而卒。

武清縣

孝義

國朝

柳芳，割股療母病。母故，乃廬於墓側。築墳撅地，得兵書一函、劍一柄，進之。朝廷加官，不受，旌表其門。

漷縣

義烈〔注一〕

國朝

武全、曹璉、張欽三人，皆邑庠生。正統乙巳，英廟北狩，後虜人送還。京師震駭，詔募義兵。

〔注一〕「義烈」，據文例當爲「孝義」。

三人應募而往，至彰義門拒虜。虜退，各賜國子生。後全官至處州府知府，璉至撫州府知府，欽至都督府都事。

貞節

國朝

李氏，邑庠生董恕妻。年二十二，恕歿。有子周歲，堅意守節，以死自誓。弘治間，旌表其門。

寶坻縣

孝義

元

田善甫，孝行里人。家貧，事親供奉甘旨，竭力不怠。父母遠行，出入乘驢，身親扶隨，終身不渝。至正間，旌表其門。

貞節

元

李氏，縣民安文妻。年二十四，夫亡無子，守節，終身無玷。延祐間，旌表其門。

鄉彥

十室之邑，必有忠信，而況一州一縣乃□十

室比也。今所紀，遠者本之載籍，近者□之見聞，疑者不敢傳也。

州

唐

吴少誠，幽州潞人。以世廕爲諸王府户曹參軍事。荆南節度使庾準器之，留牙門將。從入朝，道襄陽，度梁崇義必叛，密畫計，將獻天子，而李希烈以其事聞，有詔嘉美。希烈死，衆推少誠主留務。德宗因授申、蔡、光等州節度觀察留後。少誠爲治，能儉損，完軍實勝。貞元五年，進拜節度使。順帝即位，進同中書門下平章事、檢校司空，封濮陽郡王。元和四年卒，贈司徒。

董重質，吴少誠婿也。勇悍，久將，善爲兵。

金

賈少冲，字若虛，通州人。勤學，日誦數百千言。家貧甚，嘗道中獲遺金，訪其主歸之。中天眷二年進士。調營州軍事判官，遷定安令。蔚州刺史恃貴不法，屬吏畏之，每事輒屈從其意，少冲守正不阿。遷吏部主事、定武軍節度副使。大定二年，調御史臺典事，累遷刑部郎中。往北京决獄，奏誅首惡，誤牽連其中者皆釋不問，全活凡千人。以本職攝右司員外郎。嘗執奏刑名甚堅。既退，上謂侍臣曰：「少冲居下位，有守如此。」除同知河間尹。數月，入爲秘書少監，兼起居注、左補闕。少冲外柔内剛，每從容進諫，世宗稱美之。十四年，爲宋主生日副使，宋國方有祈請，上以意諭少冲，少冲對曰：「臣有死無辱。」宋人別致珍异，少冲笑謂其人曰：「行人受賜自有常數，寧敢以賂辱君命乎？」遂不受。使還，世宗嘉之，遷右諫議大夫、秘書、起居注如故。十七年，請老。除衛州防禦使，遷河東南路轉運司，召爲太常卿，兼秘書少監。少冲性簡夷，不喜言利。嘗教諸子曰：「蔭所以庇身，筦庫不可爲也。」聞者尚之。

賈益，字損之，少冲之子。少穎悟如成人。大定十四年，父少冲爲秘書少監，充宋主生日副使，益侍行。是時，宋人常争起立接受國書之禮。少冲問益曰：「即宋人欲變禮，持議不决，奈何？」益曰：「守死無辱，可謂使矣。」少冲大奇之。中大定十九年進士，調河津主簿。歷官磬山令，補尚書省令史、定海軍節度副使、監察御史，轉侍御史，兼少府少監，遷吏部侍郎，兼蔡王傅，以病免。除鄭州防禦使、陝西東路轉運使、順天軍節度使。大安初，召爲吏部尚書，有疾，改安國軍節度使。益調民夫修完城郭，爲戰守備。按察司止之，不聽，曰：「治城，守臣事也，按察何預？」既而兵至，以有備解去。宣宗初爲吏部尚書，益爲侍郎，相得歡甚。貞祐二年，至汴京，訪益所在，召爲太常卿。上防秋十三事。三年，致仕。元光元年，卒。

元

王利用，字國賓，通州潞縣人。遼贈中書令、大原郡公籍之七世孫，高祖以下皆仕金。利用幼穎悟，弱冠，與魏初同學，遂齊名，諸名公交口稱譽之。初事世祖于潛邸，中書辟爲掾，辭不就。中統初，命監鑄百司掌章。歷太府内藏官，出爲山東道經略司詳議官，遷北京奥魯同知，歷安肅、汝、蠡、趙四州。入拜監察御史，出爲安西兩路總管。〔注一〕其在興元，減職田租額，站户之役于他郡者悉除之，民甚便焉。有婦毒殺其夫，問藥所

〔注一〕「安西兩路」，《元史·王利用傳》作「安西、興元兩路」。

從來，吏教婦指爲富商所貨。利用曰：「家富而貨毒藥，豈人情哉？」訊之，果冤也。未幾，致仕。成宗朝，起爲太子賓客，首以切于時政者疏上十七事。帝及太子嘉納之。皇后聞之，命録別本以進。利用以老病不能朝，卒于家。每自言：「平生讀書，于恕字有得焉。」廉希憲，當時名相，簡重，慎許可。嘗語人曰：「方今文章政事兼備者，王國賓其人也。」武祖即位，以官僚舊臣贈榮禄大夫、柱國、中書平章事，封潞國公，謚文貞。

李德輝，字仲實，通州潞縣人。生五歲，值父卒，德輝號慟如成人。及長，劉秉忠薦於世祖，使侍裕宗講讀。至元元年，帝以太原難治，以德輝爲守。至郡，崇學校，表孝節，勸耕桑，立社倉，一權度，凡可以阜民者，無不爲之。嘉禾瑞麥，六出其境。五年，徵爲右三部尚書。人有訟財而失其兄子者，德輝曰：「此叔殺之無疑。」遂竟其獄。權貴人爲請者甚衆，德輝不應。罪狀既明，請者慚服。七年，帝以旱蝗爲憂，命德輝録囚山西、河東。至懷仁，有魏氏發得木偶，持告其妻挾左道鬮勝謀殺己。成獄，公燭其誣，召鞫魏妾，榜掠一加，服不移晷。妾妬其妻，謂獨陷以是罪，可必殺之也。即直其妻，而仗其夫之溺愛受欺，當妾罪死。人皆神之。後爲安西行省左丞，招降羅施鬼國。及卒，蠻夷聞訃，哀哭之如私親，至爲位而祭，及立廟祀之。

國朝

朱鋭，字□□，本州民籍。天順庚午舉人，辛未登進士第。少貧，爲州庠生，常宿學舍。同舍生有失銀簪者，誣鋭竊之。鋭不與辨，償以銀。後同舍生於他處得簪，乃愧，還其銀。又曾於儒學門前拾得金銀器皿一袋，乃收藏學舍，俟於學門。頃之，果有人來哭泣尋之。鋭詢得其實，盡歸之。其人感謝以金，竟不受。歷官工部郎中。每公差過鄉里，至州城西郭外，即下馬步行。遇閭里親識，無貴賤貧富，一以禮接之。鄉人至今稱仰。

孫節，字守中，本州民籍。爲人有氣岸，不苟交游。充州庠弟子員，惟與同庠生楊勝爲心交。成化乙酉，鄉薦任山西稷山縣知縣。操持清慎，行事惟任性使氣，不合於時，竟爲人構陷，罷官。歸家，簞瓢屢空，晏如也。日與舊友楊勝談詩論道，州衛及鄉閭皆仰重之。教授鄉里，多所成立。子臬中鄉試，任河南析川縣訓導，迎就養。時楊勝没已二年矣。濱行，爲文辭祭，悲痛若骨肉然。其篤於友道如是。

楊奉春，字世元，錦衣衛籍，家於通州。充州庠生，成化戊子舉人，乙未登進士第。博學能文。任工部主事。凡司僚公舉慶吊之事，爲文多經其手。在家孝友，處衆和平。居官以清慎聞。

顧大章，字天和，別號小容。□□□籍。〔注一〕弘治乙卯詩經魁。性聰敏，倜儻不群，問學博贍。治舉子業，不徇時格。善詩，能古文。凡著作多不屬稿，援筆立就，不更一字。所著有《小容集》。任陝西西安府通判，卒於官。

周棨，字國信，神武中衛籍。弘治戊午舉人，已未登進士第。任直隸徐州蕭縣知縣。有僧欲强奸民婦，婦不從，被僧殺。之時婦夫他往，獨與夫弟同居，婦家强誣其弟。一日，棨夢婦白其冤甚悉。覺，遂託疾迎醫，數日不愈。乃從俗飯僧，

〔注一〕《康熙通州志》作「通州人」，所脱三字似當作「本州民」。

詰得殺婦之僧，坐以法，遂釋其弟。縣人稱明。以疾卒於任。

甯河，字伯東，别號石津，賢之子。弘治甲子舉人，乙丑進士第。任户部主事，謫遷河南臨漳縣知縣。治有政績。見《彰德府志》。升山東德州知州。隨都御史馬中錫撫處流賊，將就平，爲中瑺沮壞。當路者知其才，擢河南按察司僉事，兵備信陽。時信陽爲盗賊窟穴。河至，發奸摘賊，雖閭里銖兩之奸，皆無遁遺，一時大盗捕治殆盡。郡人稱兵備信陽者，前後無倫匹也。以疾告歸。信陽人爲建生祠，至今祀之。

張欽，字敬之，别號心齋，通州右衛籍。正德庚午舉人，辛未登進士第。任行人司行人，拜貴州道監察御史。奉敕巡視居庸關。時武廟欲出關北狩，乘輿已迫關矣。欽時在關，乃閉關，三勒疏，堅請回鑾。武廟壯其忠，遂止。居臺偉有聲望，僉議即當京擢也。會言事忤當道，出知陝西漢中府。未幾，總制都御史楊一清特薦，升按察司副使，兵備延綏。歷升山東、山西、福建參政、按察使、左右布政，進太僕寺卿。以上世原姓李，隸武清衛，因祖贅從外家籍姓，乃奏復之。遷都察院右副都御史，巡撫四川，升工部右侍郎。

呂□，本州民籍。由歲貢任大理寺評事，升山西監察司僉事。先時州學舉鄉賢，稱其孝友著於家庭，和睦藹於鄉里，勤慎歷政，清白傳家。性不與世而浮沉，事則隨機而應變。冰霜節操，生死不二其心；松柏堅貞，順逆不變其守。必有所據也。

三河縣

金

劉樞，字居中，通州三河人。登天眷二年進士。調唐山主簿，改飛孤令。〔注一〕蔚州刺史恃功貪污，無所顧忌，屬邑皆厭苦之。樞一無所應，乃摭以他事繫獄，將置之死。郡人有憐樞者，道樞脱走，訴於朝。會廉察使至，守倅而下皆抵罪廢，獨樞治狀入優等。躐遷奉直大夫，遷尚書、刑部員外，轉工部郎中，進本部侍郎。大定初，出爲南京路轉運使，遷山東路轉運使，改中都路轉運使。

馬百禄，字天錫，通州三河人。幼志學，事繼母以孝聞。登大定三年詞賦進士。調武清主簿、

〔注一〕「孤」，據《金史·本傳》當作「狐」。

由龍山令召補尚書省令史，不就，改榷貨副使、平陽府判官，入爲國子博士。朝廷以宰縣日清白，有治迹，特遷官一階，升北京路轉運使，委録南北路刑獄，所至無冤。召爲尚書、户部員外郎。明昌初，遷耀州刺史，吏民畏愛。提刑司以狀聞，授韓王傅，同知武安軍節度事。俄改兼同知興平軍，以提刑司復舉廉，升孟州防禦使，再遷南京路提刑使。御史臺以剛直能幹聞，轉知河中府。謚曰忠貞。

國朝

蕭選，字廷舉，號盤谷。年未冠，領順天乙卯鄉薦，登弘治己未進士。初尹盩厔，摘發幽伏，人以包孝蕭稱之，爲立生祠。左遷揚州衛經歷，擢獲嘉尹。尋拜山西道監察御史，按鹽河東，國計充裕，除寇安民。

劉金，字震之，弘治己未進士。授山東樂安令，擢貴州道御史。因忤太監劉瑾，降直隸桃源縣丞。瑾誅，升南京禮部主事，尋遷郎中。官至山西左參議。

郭習，中洪武丁卯科。任河南府教授，以成

材績最，升山西沁州知州。歷升刑部郎中，累官江西左參政。

武清縣

三國

田豫，漁陽雍奴人。仕魏，自弋陽太守遷南陽。盜賊屏迹，郡內肅清。後征爲衛尉。屢辭位，不聽，乃曰：「年高七十而居位，譬猶鍾鳴漏盡而夜行不休，是罪人也。」因辭疾焉。

南北朝

高閭，漁陽雍奴人。博通經史，下筆成章。魏自中書侍郎爲中書令給事中。凡詔令誥贊之類，皆出其手。其文章與高允相上下，時稱「二高」。

遼

張潛，游學海內，精於《易》。性廉介，不樂仕。五十始娶。安貧道。鄉里□其賢，有饋以瓜田者，辭不肯受。卒老於家。

元

王德仁，以茂才近侍興慶宮，後出爲遂州同知。儉約慈愛。民有盜賣其女而誣婿殺者，數年

不決。公鞫理得真，自認盜賣，人服其明。後休致，民攀轅哭留。今有去思碑，在肅縣儀門外堅焉。〔注一〕

國朝

孫清，字直卿，別號平泉。中弘治戊午解元，進士及第。任翰林院編修，轉陝西按察司提學副使。天才俊逸，有文學名。

漷縣

遼

郭世貞，仕遼爲太尉、司徒。統和間，承天太后侵宋，俘獲甚衆，師次范陽。世貞上言：「降卒皆有父母妻子，不無懷土之情，驅而北之，終不爲用。」太后嘉納，所縱蓋數萬人。

金

馬惠迪，漷陰人。天德中進士，調昌邑令，察廉第一。累遷左司直郎中。世宗稱其聰明朴實，拜參知政事。

馬諷，字良弼，漷陰人。國初以燕與宋，諷游學汴梁。登宣和六年進士第。宗翰克汴京，諷朝歸，復登進士第。調蔚州廣靈丞，召爲尚書令史，

〔注一〕「堅」，據文意當爲「豎」。

除獻州刺史，改寧州。民有告謀不軌者，株連數十百人。諷察其無狀，乃究問告者，具服其辜。衆歡呼感泣。再遷南京副留守，入爲大理少卿。大定三年，復爲大理卿，遷刑部尚書，改忠順軍節度使，卒。

郭汝梅，世貞曾孫。仕金爲大興府尹，有政績。以本鄉地下，數被水患，乃出家資，立新莊七所，以高敞之地分處里人，仍給貧者牛糧，不使償價。又建新河天津橋，以便涉者，至今賴之。

崔禮，仕金爲四鄉教諭。金亡，隱居不仕。於所居作園亭，植名花佳卉。朝之士夫時臨玩焉。元丞相兀都部及帖古迭兒皆嘉崔之節，以金鍾駟馬爲禮壽云。

國朝

董方，昱之子。舉進士，仕至刑部尚書。法律精明，濟以仁恕。滯獄沉冤，多所伸辯，時以包待制呼之。卒贈太子少保。

岳正，字秀方，〔注一〕別號蒙泉。正統戊辰，中會試第一，進士及第。任翰林院修撰，入内閣，參與機務。美風容，言論灑灑，動循矩度。遇事敢

〔注一〕「秀方」二字原缺，據《元史·本傳》補。

言，不避權貴，有古豪傑之風。問學精博，爲文務出新意。所著有《類博稿》傳世。爲權要所銜，出知福建興化府。致政，卒於家，贈太常卿，謚曰文肅。

康永慶，任英山縣主簿。永昌之弟也。居官廉介，政揚民頌。在任一年，遂辭官歸。其父太樂善循理，其祖錦廉無求，蓋世德相傳云。

寶坻縣

漢

陽球，漁陽泉州人。舉孝廉，補尚書侍郎，遷

司隸校尉。時中常侍王甫等奸雲弄權，扇動中外。球奏收甫等送獄，盡誅之。

金

馬琪，寶坻人。正隆進士，爲永清令，以治聞。累遷户部尚書。世宗稱其明敏，上不欺國，下不害民。後拜參知政事。

李霆，寶坻人。粗知書，善騎射，輕財好施。貞祐間，與弟雲率義兵巡邏固安、永清，間充義兵都統。累立功，遷防禦使，賜姓完顔。後爲京兆安撫使。

元

朱國寶，寶坻人。仕至海北海南宣慰使。所至立官程，更弊政，訓兵息民，具有條制。夷民咸畏服之。世祖慰勞再四，進輔國上將軍、都元帥。

國朝

劉英，在城人。由人材洪武二十四年任山西繁峙縣知縣。廉能守法。二十七年老，人奏聞，恩賞，復任命。禮部備榜，曉示天下，爲有司超群之勸。

芮釗，字宗遠，勤有屯人。中正統壬戌進士。擢監察御史，歷升副使，轉陝西布政使。尋升右副都御史，巡撫甘肅等處，所在有聲。

王傅，字元臣，興保里人。中成化乙未進士。任城武縣知縣，救荒難，理冤獄。升監察御史，按治二省，歷歷有聲。

貤封

州

張浩，字文淵，以子欽貴，封文林郎、貴州道監察御史，累贈中憲大夫、太僕寺卿。配張氏，封孺人，加贈淑人。子欽婦蘇氏，封孺人，加淑人。

張天鉞，字儀伯，別號恕齊。以子子衷貴，封承德郎、工部主事。配楊氏，贈安人。子子衷婦蔣氏，封安人。

楊𣈶，字用告，別號逸庵。以子行中貴，封文林郎、陝西道監察御史，累封中憲大夫、大理寺右少卿，進都察院右僉都御史。配陸氏，贈孺人，累贈恭人。子行中婦賈氏，封孺人，累封恭人。

程璉，字宗器，別號東川。以子綬貴，封承德郎、刑部主事，加贈奉政大夫、山西按察司僉事。配張氏，封安人，加封宜人。子綬婦田氏，封安人，加封宜人。

三河縣

劉泰，以子金貴，封承德郎、禮部主事。

武清縣

孫斌，以子繩貴，封儒林郎、鴻臚寺左寺丞。配丁氏，封安人。子繩婦高氏，封安人。

侯翥，以子官貴，封儒林郎、鴻臚寺左寺丞。配劉氏，封安人。子官婦楊氏，封安人。

林中，以子茂貴，封文林郎、山東高密縣知縣。配張氏，封孺人。子茂婦潘氏，封孺人。

漷縣

董子和，以子昱貴，封户部主事。子董政，以孫方貴，贈資政大夫、刑部尚書。興亦以方貴，贈亦如之。

徐端，以子盛貴，封鞏昌府知府。

岳□

寶坻縣

王義，以子鏜貴，封文林郎、廣東道監察御史。配盧氏，封孺人。子鏜婦胡氏，封孺人。

芮仲湶，以孫釗貴，累封通議大夫、都察院右副都御史。配陳氏，累封淑人。子琦及琦婦陳氏、孫釗婦許氏，贈封亦如之。

魏仲實，以子景釗貴，封文林郎、湖廣道監察御史。配張氏，封孺人。子景釗婦張氏，封孺人。

牛鴻，以子魯貴，封承德郎、户部主事。配吕氏，封安人。子魯婦芮氏，封安人。

龐錦，以子淳貴，封□徽府左長史。配張氏，封宜人。子淳婦吕氏，封宜人。

通州志略卷之十一終

通州志略卷之十二

郡人楊行中纂輯

物産志

天下之物，爲類不一，然皆受氣於天，成形於地者也。而一方所産，難以畢識。今取其大而顯者紀之，爲物産志。

禾類

稻（紅白二色。）　穀　黍　稷　穈　麥（大小二種。）　豆（黑、白、黄、紅、緑、菀、匾、馬䩞、猪屎等名。）　荑（稗子）　蜀秫　蕎麥　芝麻

蔬類

芥　韭　芹　莧　蒜　茄　瓜（冬、西、甜、丝、王萯各種。）　葱

瓠　白菜　蔓青　苘蒿　蒿苣　莙蓬　赤根（即菠）　芫荽　葫蘆　蘿蔔（三種）　春不老

果類

梨（香、水、紅、綃、鶴頂红、雪花、錦、糖、秋白。）　桃（麥收、秋桃、岡絲、匾桃。）　杏（海東紅、吊枝乾、甜核公、吕香白等名。）　棗（紅黑）　李（玉黄、青脆、牛心紅、雁過、麝香紅、串鵲紅。）　柿　栗　羊棗　沙果　蘋蔢　虎嚹賓　核桃　櫻桃　石榴　蓮房　葡萄

木類

松　柏　檜　榆　柳　槐　楊（青白）　桑　椿

花類

菊（各色）　蓮（紅白）　葵（各色）　榴　石竹　芍藥　牡丹

紅白玉簪白紫鷄冠紅白萱草　山丹　卷丹　八仙　丁香
碧桃　月季　鳳仙　鶯粟　金盞　木槿　薔
薇各色珍珠　百日紅　金雀　落葉金盞　剪羅紅
老來紅　慈菇　十樣錦　翠娥媚　紫蝴蝶　佛
指甲　金銀藤　馬纓　綿花　爬山虎

藥類

桔梗　菖蒲　薄荷　地骨皮　山查　菟絲
子　地膚子即掃箒子是也。益母草　車前子　苦丁香
即甜瓜蒂是也。酸棗仁　桑白皮　血見愁　枸杞子　瓦
松　樗木即椿樹也。木賊即俗呼为節節草也。蒺藜　蒲公英　川芎

蒼耳　艾　茵陳　葶藶

草類

蘆　藍大小二种。茅　萍　蒿　馬蘭

禽類

鶴　鸛　鵝　鴨　鷄　雉　鴿　鷹　雁
梟　雀　鴉寒老二種。鳩　鵲　鷺鷥　鷀鴼　青䳕　鴛
鴦　鵪鶉　燕鷗　黄鸝　啄木　苦惡　黎鷄
沙鷄　天鵝　地鵏　鴟梟　鵓鴣

獸類

馬　騾　驢　牛　羊　猪　狗　猫　鼠

狼　狐　兔　地鼠　獾　糞鼠　睡狢

水類

鯉　魴　鯽　鮎　蝦　蟹　鱉　蛙　螺

石縺

蟲類

蠶　蛇　蜂　蝶　蛾　蝎　蚊　螢　蠅

蟬　蟋蟀　螳螂　螻蟻　蟯蜋　蜻蜓　蚯蚓

蜘蛛　蝎虎　蚰蜒　螟蛉　螻蟈　蝙蝠

三河、武清、漷縣、寶坻四縣，土産大略相同。惟寶坻縣銀魚，則一縣特産也。

叢紀志

道有异端，言有殊類，然理無往而不在，則事無微而可略也。至若祲祥變异，世每有之。庶徵叙於《洪範》，灾异筆之《麟經》，故不可遺也。爲叢紀志。

寺觀

州之寺觀，不下百六十有奇。今所紀惟古刹及我朝奉敕建者，餘不能盡録也。

靖嘉寺在州治東。舊名慈恩，元至正二年建。今州衛習儀在此。　净安寺在州治東南。金大定十三年建。　天妃宫在靖嘉寺东。元至正三年建。　悟仙觀在舊城南門内。元至正六年建。　净安寺在東關厢。俗呼寄古寺，元至正二年建。

迎福寺在北關廂。天顺六年建，今廢。玄靈觀在新城內。景泰六年建。永明寺在新城南門外。正统三年建。寶通寺在新城南門外。天顺七年建。西方庵在潞邑二鄉翟村里。遼大安元年建。龍頭寺在潞邑二鄉朱家莊。元至正二年建。觀音寺在甘棠鄉召里店。元元貞元年建。興安寺在甘棠鄉七級屯。唐貞觀元年建。甘泉寺在甘棠鄉。漢魏以来古刹，唐尉遲恭重修。永慶寺在孝行一鄉竇家莊。金大定十九年建。寶林寺在孝行一鄉東家莊。元大德九年建。延慶寺在孝行一鄉噇里。金天會十三年建。觀音寺在孝行二鄉。遼大安二年建。壽安寺在孝行二鄉王近曈。遼天慶十年建。興國寺在孝行二鄉杨家淺。遼大安二年建。佑勝寺〔注一〕在城南十五里。金天會八年建。興國寺在城南林皋村。唐太和二年建。通濟寺在南城土桥古刹也。明嘉靖癸未太监辛通等修。廣福寺在张家湾。正统元年建。海藏寺在城南十三里。宋天圣八年建。古城寺在城南十四里。遼天慶十年建。佑民觀原张家湾里二寺。嘉靖十九年欽改佑民觀。永光寺在城北十五里。金大定十二年建。寶光寺在城西南次□元大德元年建。龍興寺在富豪一鄉。金天會七年建。普通寺在城北龐村。遼乾统二年建。靈應寺在城北二十里。正统四年建。法藏寺在城北二十五里。天顺四年建。隆禧寺在城北金盏兒房。成化四年建。

三河縣

圓教寺在縣治東。古刹。靈山寺在縣東北一十五里。延福寺在縣西北五十里許。福田庵在縣西五里。

武清縣

隆興寺即今僧會司。北汪寺舊名廣濟寺。在縣西。洪武三年重修。藍城寺在縣北。洪武二十年建。香林寺在縣東。洪武年間建。漫漫寺在縣東南。永樂間建。觀音寺在縣南。元時創建。大安寺在縣東北。元時建。隆泉寺在縣東。洪武間建。觀音寺在縣南。元時建。報恩寺在縣南。永樂間建。北趙村寺在縣東。元时建。能仁寺在縣東元時建。攢州城寺在縣南。洪武間建。隆慶寺在縣東。洪武間建。興禪寺在縣南。洪武間建。園林寺在縣北。永樂間建。

〔注一〕「佑勝寺」以下，通濟寺、廣福寺、古城寺、永光寺、龍興寺、靈應寺、隆禧寺等正文及注文，原稿不清，今據《康熙通州志》補。

〔注一〕注文原稿漫漶不清，據《日下舊聞考》引《㶟縣志》補。

㶟縣

佑國寺在縣城西門外。習儀之所，僧會司在焉。覺華寺在縣西十八里。〔注二〕□□寺在城南二十五里。遼都統那牛欽創建，天宮井在焉。火神廟在南門東南。關王廟在縣西。

寶坻縣

廣濟寺在縣西門內。遼金間建。大覺寺在縣東門內。遼時建。蓬來觀在縣治東三十五里。東嶽廟三處三清觀在縣治西。關王廟在縣南門外。天妃宮在縣東南，近海邊。火星廟在縣西門外。真武廟在縣西門外。崔府君廟在縣東門外。

仙釋

州

元

洞清張真人，不知何許人。元至正間，於舊城南門內結廬修練，白晝翀舉。後人即其地建廟，名悟仙觀。见碑記。

國朝

僧一空，俗姓江名免，曲陽人也。投教於定州上生寺湛廣和尚，得臨濟正傳。弘治間，杖錫來通，住城南梨園寺焚修。一日，謂其徒古心曰：「吾將逝矣。」乃沐浴更衣，作偈四句，有曰：「倒騎鐵馬歸原籍，明月清風任自由。」端坐而逝。见碑記。

三河縣無

武清縣無

漷縣

國朝

張聰遇仙。嘗有一道士，不言何許人，亦不言姓氏。庠生張聰時與之游。嘗與聰渡水，使聰閉目，不覺而渡矣。聰問己何時登第，道士云：「汝欲登第，待胡蘆架上開蓮花時。」聰以爲必不得矣。至一年，□大雨，河水泛溢，平地數尺，漂得蓮花一枝□□□蘆架上。聰其年果登第。其莊今稱爲神仙莊云。在縣西一十五里。

寶坻縣無

灾祥州及四縣總書之。

漢

建武中，漁陽太守彭寵被徵。書至，明日，潞縣火灾起城中，飛出城外，燔千餘家，殺人。見《漢書》。

唐

天寶九年，五星聚於尾箕，熒惑先至，而又先去。尾箕，燕分也。古曰：有德則變，無德則缺。

魏

太延元年，自三月不雨至六月。使有司遍請群神，數日，大雨。是日，有一婦人持一玉印至潞縣侯孫家賣之。孫家得印，奇之，求訪婦人，莫知所在。其文曰「旱疫平」。寇天師曰：「《龍文紐書》云：此神中三字印也。」（见《魏書》。）

遼

乾統四年十月己酉，鳳凰見於漷陰。

金

至寧元年八月癸巳，衛紹王遇弑。是日，海水不潮。寶坻鹽司懼其虧課，致禱。無應。九月

丙午宣宗即位，乃潮。

元

元統二十年七月，通州大水。十九年五月，通州雨雹，害稼。

至正十九年，通州蝗，食禾稼，草木俱盡，所至蔽，人馬不能行，填坑塹皆盈。饑民捕蝗以爲食，或曝而積之，又罄，則人相食。二十年，通州旱。二十九年己巳，太陰犯畢。發通州河西務粟，賑寶坻縣饑民。

己酉，通州河西務饑民有鬻子去之他州者，

發米賑之。

大德四年辛丑，真定、保定、大都、通、薊二州大水。

泰定二年庚戌，通、漷二州饑，寶坻饑。

順帝二年戊寅，祭社稷。大都至通州大水。

七年，通州盜起。監察御史言：「通州密邇京城而盜起，宜增兵討之，以杜其源。」是月，河東大旱，民多饑死，遣使賑之。

國朝

弘治二年己酉，大水。十七年春正二月，常

風霾蔽日。

弘治六年，鬼兵動，潞河以東村落居民，忽見人馬蔽野。人家多攜老幼，奔城渡河，多有溺死者。竟無兵事。

正德七年，黑眚爲异。人家小男幼女，多被抓傷。至夜，家家敲鑼擊鐵器以防之，半月乃止。

八年正月二日申時，民間相傳禁貼門神，家家撤去，一時而盡。聞京城亦同日時，門神撤盡，竟無禁者。

嘉靖二年二月，風霾大作，黄沙蔽天，行人多被厭埋。三月，雨黄沙着人衣，俱成泥漬。

十五年十月，地大震。居民房屋多摇倒傷人。州城亦多摇塌。

二十五年六月，大水。沿河居民漂溺甚。

三河城南古槐數株，嘉靖丙午夏六月，大雨□□一枝龍出。未幾，又雨，再震，一枝龍出，皆東第□株也。是年，劉夢祥、鍾秀二子中式，人以爲驗云。

嘉靖丙午秋七月，三河大水。自六月大雨至七月初，浹辰如注，平地水深數尺，禾盡没，城崩數百餘丈，官民廬舍傾覆者，無慮千數。

通州志略卷十二終